KB066489

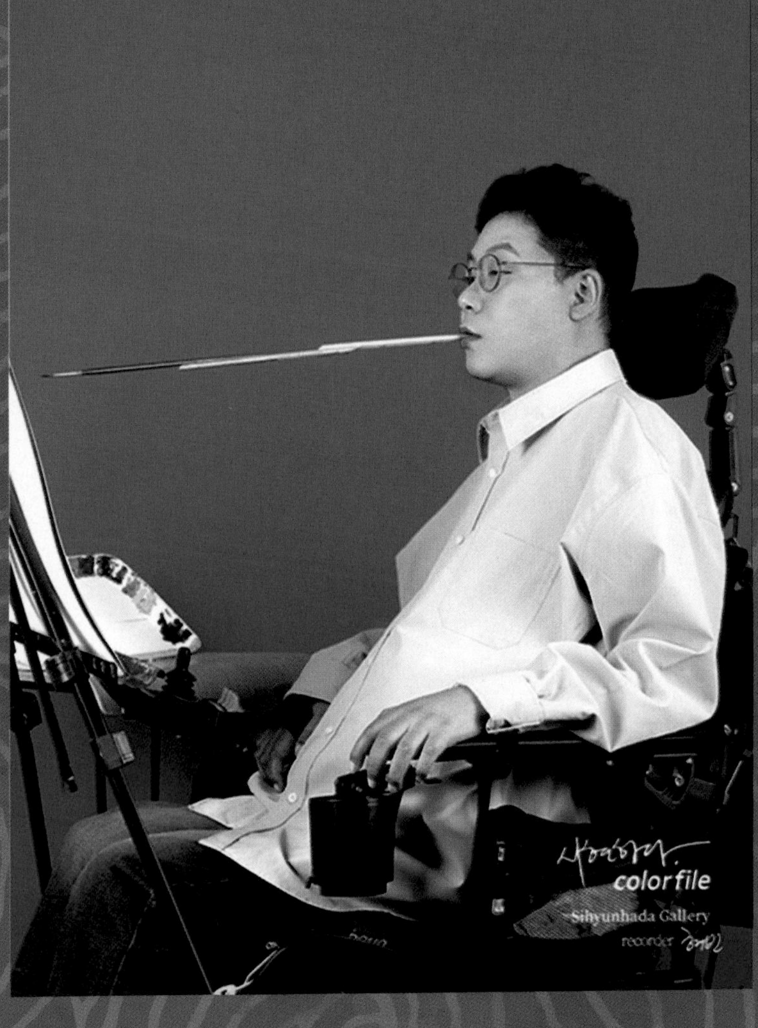

입으로 꿈을 그리는 화가 임경식

<꿈을 꾸다> 시리즈

누구 시리즈 27

입으로 꿈을 그리는 화가 임경식 – **누구 시리즈 27**
임경식 지음

초판1쇄 발행 2023년 11월 1일

지은이 임경식
펴낸이 방귀희
펴낸곳 도서출판 솟대
등 록 1991년 4월 29일
주 소 서울시 금천구 서부샛길 606, 대성지식산업센터 B동 2506-2호
전 화 02)861-8848
팩 스 02)861-8849
홈주소 www.emiji.net
이메일 klah1990@daum.net

값 12,000원

ISBN 978-89-85863-97-1 03810

주최 사 한국장애예술인협회

후원 문화체육관광부 한국장애인문화예술원 Korea Disability Arts & Culture Center

입으로 꿈을 그리는 화가 임경식

임경식 지음

금붕어, 거북이… 죽어도 되는 삶은 없다

다시, 봄!

톡… 톡! 혼자 앉아 그림을 그리고 있는 내 좁은 공간은 입에 문 내 붓질 소리만 고요한데 문득 바라본 거실 창밖은 봄이 왁자지껄하다. 앙상했던 나무들이 연둣빛 옷을 입는 소리, 각양각색의 꽃들이 바람에 환호하는 소리, 이름 모를 풀들이 차가운 땅을 비집고 나오는 소리… 고요함 속에 앉아 있으면 그 모든 소리가 떠들썩하게 들리는 것만 같다.

그림을 그리면서부터 계절이 내는 빛깔, 그리고 계절에 담긴 소리에 민감해졌다. 전에는 무심히 지나쳤던 자연의 색들이 새롭게 눈에 들어오고 들리지 않아도 마음으로 들을 수 있는 소리들도 많아졌다.

그림을 그리다 보면 새삼 알게 된다. 어떤 색도 한 가지 색깔만 들어 있지 않다는 것을, 그림자는 반드시 빛을 드러낸다는 것을 말이다. 어떤 색을 더욱 선명하게 대비시키기 위해서 다른 보색을 사용해야 할 때도 있고 때론 어떤 색을 과감히 지워야 다른 색이 드러날 때도 있다. 그림자가 어두울수록 빛이 더욱 선명해지고 그림이란 결국 어느 한 가지 색으로 완성되지 않는다는 것을 마치 인생을 배우듯 그림을 통해서 매

번 새롭게 배우곤 한다.

나는 열아홉 그 사고가 내 청춘을 지워 버렸다고 생각했다. 나를 점령해 버린 내 인생의 어둠이 앞으로 살아갈 내 인생의 빛마저도 모두 삼켜 버렸다고 자포자기했었다.

그러나 이제 한 걸음쯤 멀리서 내 인생을 그림처럼 바라보게 되니 내 생엔 어둠만 있지 않았다. 무채색만 있지 않았다. 어둠 덕분에 미처 드러나지 않던 따뜻한 색들이 더 선명해졌고 그림자가 어두운 부분엔 반드시 선명한 빛이 환하게 빛나고 있었다.

아직 내 삶의 그림이 완성되진 않았지만 이제는 안다. 앞으로의 삶 역시 수많은 색이 덧입혀지면서, 빛과 어둠이 수시로 교차하면서 그렇게 완성되어 가리라는 것을.

내 생의 청춘은 열아홉 그 시절로 끝이 났다고 생각했지만 아니다, 아직 내 청춘은 끝나지 않았다. 꿈꾸는 한 여전히 청춘을 사는 것일 테니까. 게다가 장애인이 된 지 올해로 28년 되었으니 스물여덟 살의 청춘인 셈 아닌가.

겨울 지나면 다시 새봄이 오듯이 긴 터널을 지나온 나의 인생도 다시 봄! 그러니까 내게 주어진 새 삶도 새로운 눈으로 다시, 봄!

2023년 무더위 어느 날

서양화가 임경식

차례

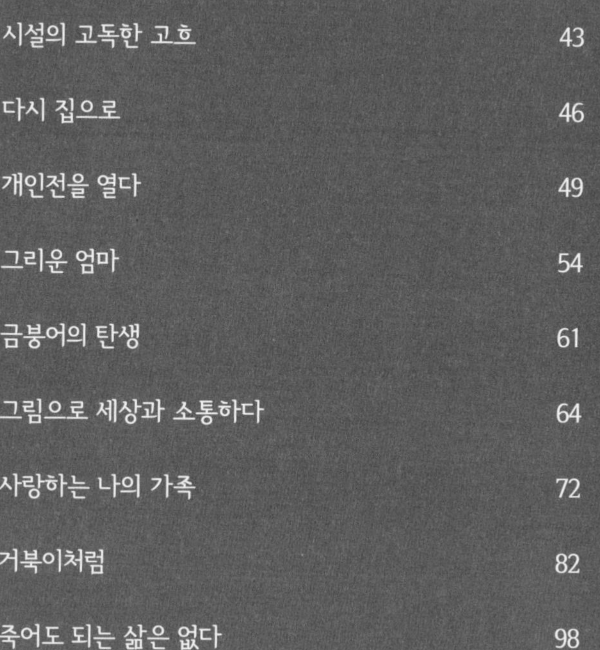

나는 금붕어

…

나는(flying) 금붕어.

좁은 어항 속을 박차고 나와 찬란한 꼬리를 날개처럼 휘저으며 자유로운 대기를 헤엄친다. 아니, 날고 있다. 거친 파도를 넘어 별들을 빛 삼아 밤하늘을 누비기도 하고 나의 유영은 한계가 없다.

나는(I am) 금붕어다!

넓고 푸른 물속을 자유롭게 누비던 금붕어가 어느 날 답답한 어항 속에 갇히게 되었을 때 금붕어는 그 옹색한 어항 속이 얼마나 답답했을까. 지느러미도 꼬리도 마음껏 움직일 수 없는 그 투명한 감옥에서 금붕어는 멀고 먼 바다도 드넓은 호수도 잊었다.

기억 속에 먼바다는 오직 꿈으로만 만날 뿐 그 큰 눈에 들어오는 현실은 아득한 유리 벽.

그 유리 벽 사이로 금붕어를 응시하는 사람들의 눈길은 무심하거나 때론 모멸적이다. 갇혀서 꿈틀대는 금붕어의 외침을 누구도 들어 주는 이가 없다.

"날 좀 제발 꺼내 줘!"

어느 날 나는 금붕어를 그 작은 어항에서 꺼내 주기로 했다. 적어도 내 캔버스 안에서 만큼은 금붕어가 자유롭도록.

바다도 커다란 호수도 내 그림 속 금붕어에겐 그저 작은 세상일 뿐이다. 바다보다 더 넓고 아름다운 세상을 향하여 미련 없이 어항을 박차고 나온 나의 금붕어는 항해하듯 비행하듯 또 다른 세상으로 나아간다.

금붕어는 나의 페르소나.

비록 내 세상은 내가 타고 있는 휠체어 반경 안에 한정되어 있지만 나는 금붕어가 되어 캔버스 안에서 자유를 누린다. 이 자유를 누리기까지, 이 해방을 맛보기까지 나는 왜 그리 먼 길을 돌아왔을까.

열아홉 그날

…

28년 전 내 나이 열아홉의 어느 날을 나는 여전히 기억하고 싶지 않다. 기억을 지우는 지우개가 있다면 말끔히 지우개로 지워 버리고 싶은, 할 수만 있다면 제발 새까맣게 잊어버리고 싶은 기억이다.

그런데 오랜 세월이 지나도 지워지긴커녕 어제처럼 그 기억은 여전히 생생하기만 하다.

당시 실업계 고등학교 3학년이던 나는 일찌감치 취업이 되었다. 보통은 2학기에 취업이 되는데 그해에는 어쩐 일인지 1학기부터 취업이 되어 나는 남들보다 빠르게 사회생활을 시작한 사회 초년생이 되었다.

남들은 취업과 진로를 고민할 때 나는 빨리 취직이 되어 취업이나 진로를 걱정할 필요 없이 일하고 돈도 벌 수 있다는 생각에 기분이 좋았다. 이렇게만 앞으로 나아간다면 남들보다 더 빨리 내가 원하던 목표를 이룰 수 있을 것 같은 자신감도 생겼다.

그러나 순풍도 잠시. 순풍은 어느새 방향을 바꾸어 거센 폭풍우가 되어 내 삶을 뒤흔들었다.

고교 시절

고교 시절

고교 시절

1995년 9월, 곧 군에 입대하게 될 회사 선배를 위한 송별회가 있던 날이었다. 그 나이 또래 남자들에게 군대에 가는 일이란 얼마나 마음이 무거우면서도 애틋한 일인가. 군대 가는 선배의 착잡한 마음을 위로하고 무사히 군 복무를 마치고 돌아오기를 응원하며 송별회를 마치고 친구와 함께 집으로 돌아가는 길이었다.

오토바이 뒤에 친구를 태우고 친구네 집에 거의 다다랐을 무렵, 급커브 골목에 자동차가 주차되어 있는 것이 보였다.

'급제동을 해야 할 것인가, 아니면 자동차로 돌진해야 할 것인가.'

짧은 순간이었지만 머릿속으로 수많은 시뮬레이션이 그려졌다. 자동차를 들이받으면 수리비를 많이 물어줘야 할 것이고, 자동차를 피해 급제동을 걸어 오토바이를 쓰러트리면 뒤에 타고 있는 친구가 다칠 것 같았다. 찰나의 순간에도 수만 번의 망설임 끝에 결국 나는 친구가 다치지 않는 쪽을 선택하기로 했다. 친구를 다치지 않게 하려고 주차되어 있는 자동차를 향해 나아갔고 요란한 소리를 내며 자동차와 부딪치는 순간 나는 그만 정신을 잃고 말았다.

"대체 얼굴에 이 묵직한 느낌은 뭐지?"

병원에 옮겨져 정신이 들었을 때 통증도 통증이지만 이상하게도 계속 얼굴에 묵직한 것이 느껴졌다. 내내 얼굴에 묵직한 뭔가가 있긴 한데 그것이 무엇인지 한참 동안을 알 수가 없었다.

고교 시절

그런데 나중에 알고 보니 그 묵직한 것은 다름 아닌 내 팔이었다. 내 팔이 내 얼굴 위에 얹혀 있는 것조차 모른 채 묵직하다는 생각만 하고 있었던 것이다.

"어떻게 내 팔이 올려진 것도 모르지?"

그때 비로소 내가 짐작하고 있는 것보다 심각하게 다쳤을지도 모른다는 생각이 들었다. 순간 몸을 휘감은 통증보다 두려움이 더 무서웠다. 의료진들의 부산한 움직임 소리, 의료도구들의 날카로운 마찰음… 이 생경한 소리들이 차가운 수술대에 누워 있는 나를 더욱 두려움으로 움츠러들게 만들었다.

중환자실에 와서 다행히 친구는 다치지 않았다는 소식을 전해 들었다. 자동차 수리비는 물어 줄망정 친구만은 다치지 않겠다는 내 선택이 틀리지 않았다니 그나마 마음이 놓였다.

'잘한 거다, 잘한 거다. 잘한 거다….'

그러나 자꾸만 두려움에 휘말리는 나를 아무리 안심시켜 보려고 애를 써 보아도 두려움은 생각보다 힘이 셌다. 두려움과 절망이 나를 점령하는 데는 그리 오랜 시간이 걸리지 않았다.

고작 9개월을, 푸르던 내 열아홉은 병실에서 그렇게 저물어 가고 있었다.

청춘이라는 이름의 감옥

...

나는 활달한 사람이었다. 학창 시절엔 육상선수로 뛰기도 했고 학교 야구부에서 야구선수로 활약하기도 했다. 한때는 체육 교사를 꿈꾸던 적도 있었다.

아주 어릴 적엔 잠시도 가만 있지 않는 아이여서 가족들이 나를 자주 잃어버렸다고 했다. 엄마가 절레절레 고개를 내저을 만큼 유난한 개구쟁이였던 아이. 그게 나였다.

열아홉 그 사고가 있기 전까진 오토바이를 타고 짜릿한 질주를 즐기며 나의 미래도 그렇게 질주할 수 있을 것만 같았다.

그러나 사고 당시 얼굴에 팔이 올려져 있는 것조차 느끼지 못한다는 사실을 깨달았을 때 엄습했던 그 두려움은 기어이 현실이 되고 말았다.

내게 닥친 그 막막한 현실을 처음엔 외면하고 싶었다. 아니, 받아들일 수가 없었다. 내 뒤에 앉았던 친구는 다치지 않았다는데, 그렇다면 그저 나도 앞에 앉아 있어서 충격이 더 컸을 뿐 병원에서 한동

고교 시절

안 치료받으면 좋아질 수 있을 거라는 무모한 낙관에 기대 보았다. 난 젊으니까, 누구보다 건강했으니까 그깟 오토바이에서 떨어진 충격쯤 금방 털어 낼 수 있을 거라고 내 젊음을 속절없이 믿어 보기도 했다. 그러나 헛된 기대는 마치 바닷물을 마시는 것처럼 목마르기만 할 뿐이었다.

간혹 병실을 찾아와 건네는 친구의 위로는 오히려 내게 상처가 되었다. 닫힌 마음에 그 어떤 말도 위로로 들릴 리가 없었다. 나는 나무토막처럼 누워 있는데 말끔한 친구의 모습을 보면 내 모습이 더욱 초라하게 느껴지기만 했다. 비록 입으론 말하지 않았지만 내가 강렬하게 온 맘으로 친구를 밀어내고 있다는 걸 어쩌면 친구도 알았을 것이다. 나를 찾아오는 횟수가 점점 줄어들더니 어느덧 더는 찾아오지 않게 되었다.

나는 왜 친구들의 얼굴을 차마 볼 수 없었을까.

앞으로 장애를 가지고 살아야 할 나의 세계와 비장애인인 친구의 세계는 서로 아주 멀고도 다른 세계 같았다. 나는 더 이상 친구에게 다가갈 수 없고 친구 역시 내게 올 수 없을 것 같았다. 더는 미안해하는 친구의 얼굴을 보고 싶지도 않았고, 아닌 줄 알면서도 '그 순간의 선택을 내가 다르게 했더라면…' 상상하는 나 자신을 보기도 싫었다.

친구와 내 자리가 바뀌었다면 어땠을까. 그래도 결과는 같았을까. 그 순간 친구 대신 내가 다치는 쪽을 선택한 것은 우정이었을까, 의

리였을까. 아니면 그저 책임질 일로부터 도망치고 싶었던 비겁함이었을까… 내 안에 나조차도 알 수 없는 수많은 마음들이 파편처럼 흩어졌다.

처음엔 친구가 다치지 않아서 천만다행이라고 생각했는데 어느 순간 후회하기도 하고 원망하기도 하는 나 자신이 너무 낯설고 싫었다. 친구의 얼굴을 볼 때마다 빠져드는 온갖 복잡한 상념들이 마치 헤어나올 수 없는 늪 같았다.

온종일 누구의 눈에도 띄지 않고 혼자 숨어 있고 싶은데 병원에 누워 있는 처지이니 그건 가당치도 않은 일. 그래서 이불을 얼굴까지 끌어 덮고 모자를 눌러쓴 채 있는 힘껏 스스로를 고립시켰다.

그러나 그렇게 이불을 뒤집어쓰고 아무리 현실에서 도망쳐 보려 해도 가족들과 친척들, 그리고 친구들이 곁에 오는 순간엔 여지없이 막막한 현실로 붙잡혀 오는 가련한 도망자 같았다. 그럴수록 나는 더 필사적으로 도망쳐야 했다. 나는 거기 있지만 거기 있지 않았다.

그런데도 다른 사람들은 거기 있고 싶지 않은 나를 기필코 붙들어다 현실에 내팽개쳐 버리는 잔인한 훼방꾼처럼 여겨졌다. 그럴수록 나는 더 차갑고 독하게 사람들을 밀어냈다.

그 모든 것을 감당해 내기에 열아홉은 너무 젊었다. 나는 그 펄펄 뛰는 청춘을 누구보다 더 아름답고 자유롭게 살고 싶었다. 그러나 그 열망이 간절하면 간절할수록 나는 더 비참해지기만 했다. 청춘은 내겐 그저 너무 화려한 감옥이었다.

입으로 붓을 물다

…

젊으니까 회복되리라는 이런 막연한 희망은 병원에서 재활원으로 옮겨 가면서 산산이 부서져 버렸다. 재활원에서 치료받는 다른 장애인들을 보니 내 상태가 더 객관적이고 명확하게 보였다. 그리고 앞으로 내가 맞닥뜨려야 할 막막한 현실이 비로소 실감이 되었다.

'손이라도 쓸 수 있으면 혼자 움직일 수나 있지. 누가 먹여 주지 않으면 물 하나도 혼자 못 먹는데 내가 어떻게 살아갈 수가 있겠어!'

재활원에서 집으로 돌아와 집이라는 한정된 공간에 갇힌 내 처지를 생각하니 더더욱 자포자기하는 심정이 되고 말았다.

아무것도 할 수 없는, 아니 아무것도 하고 싶지도 않고 아무것도 하지도 않는 내게 하루하루는 아무리 끝없이 걷고 걸어도 제자리인 막막한 사막 같았다.

가끔 전화로 안부를 묻거나 한 달에 한 번 모임에서 만나는 재활원 선배들의 소식을 듣고 있노라면 다들 열심히 잘 사는구나 싶었다. 어떤 형님은 직접 운전하는 차를 몰고 여행을 다녀왔다고도 하고 어떤 형은 휠체어 타고도 취직해서 직장을 다닌다고도 하고 또 누구는 결혼도 한다는데 나만 멈춰 버린 시간을 사는 것 같았다.

'여행? 나는 누군가의 도움 없이는 저 문밖 계단도 넘어설 수가 없는 걸. 직장? 내가 뭘 할 수 있겠어? 게다가 결혼? 과연 내가 그런 삶을 꿈꿔 볼 수나 있나?'

잘 살고 있는 다른 사람들의 형편과 비교하면 비교할수록 나는 더 곤두박질 쳐지는 심정이었다. 누나와 아버지의 도움이 없으면 혼자서는 아무것도 할 수가 없고 어려운 집안 형편에 다른 장애인들처럼 나갈 수 있는 여력도 경제력도 없는 가난하고 무력한 내 형편이 돌아볼수록 남루하고 비참하기만 했다.

결국 남과 비교하면서 상대적 박탈감에 상처 입는 나 자신이 보기가 싫어서 한 달에 한 번 유일한 외출이었던 재활원 선배들과의 모임도 이런저런 핑계로 나가지 않게 되었다.

거의 10년을 두문불출하면서 비관적인 생각에만 빠져 살았다. 10년이란 시간은 100년처럼 아주 길면서도 이상하게도 하루하루는 빠르게 삼켜 버리는 블랙홀 같았다. 아침에 식구들이 밥 먹여 주고 나

어린 시절 가족

가면 아무도 없는 집에서 식구들이 돌아올 때까지 온종일 라디오만 들었다. 그러다 보면 아무것도 하지 않았는데도 어느새 하루가 순삭돼 버리곤 했다.

누나는 거의 무위도식하는 나를 어떻게든 살게 해 보려고 방송통신고등학교에 원서까지 내주면서 학업을 어어 가도록 부추겼고, 한 달에 한 번이라도 나를 외출할 수 있게 해 주려고 일부러 차를 빌려 가면서까지 재활원 사람들 모임에 나를 데려가려고 하는 등 여러 가지로 애를 썼지만 내겐 모든 게 시들하기만 했다.

"야, 나이도 어린데 왜 아무것도 안 하고 있어? 그림을 한 번 그려 봐!"

화가 선배님이신 박정 형님이 어느 날 재활원 모임에서 나를 보고는 그렇게 권유했었다. 그런데 그림에 소질도 없거니와 전혀 관심조차 없던 터라 처음 그 말을 들었을 땐 한 귀로 듣고 한 귀로 흘려버렸다. 나는 운동을 잘하는 사람이었지 가만히 앉아서 그림을 그릴 수 있는 사람이 아니라고 스스로 단정해 버렸다.

그런데 시간이 지날수록 주변에 그림을 그리기 시작했다는 선배들의 이야기가 많이 들려왔다. 어떤 날은 A형님이 그림을 시작했다고 하고 또 어느 날은 그림을 시작한 지 얼마 되지 않은 B형님이 구족화가협회 회원이 됐다고 하고 또 얼마 안 지나서 또 다른 선배인 C가 그림을 새로 시작했다고 하는 등 마치 도미노처럼 연이어서 그림을 그리게 됐다는 주변 사람들의 소식이 차례로 들려왔다. 그런 주변 상황을 지켜보면서 그림에는 관심조차 없다고 한 귀로 흘려 버렸던 박정 형님의 권유가 다시 떠올라 마음속에 계속 맴돌았다.

'아, 저 형님들도 저렇게 하는데 나는 나이도 어린 게 맨날 비관만 하고 아무것도 안 하면서 뭐 하고 살고 있나.'

어느 순간 나 자신이 불쌍한 게 아니라 미련하고 한심하게 느껴지기 시작했다. 10년이란 긴 세월을 아무것도 하지 않은 채 마네킹처럼 누워 삶을 방치하다니.

'지금은 부모님이 돌봐 주시지만 부모님이 돌아가시고 나면 난 어떻게 해야 하지? 시설에 가서 평생 살아야 하는 건가?'

이런 현실적인 고민들이 피부로 와닿기 시작하자 그때서야 뭐라도 하지 않으면 안 될 것 같은 조바심이 들기 시작했다. 소질도 없고 재능도 없지만 그림이라도 그려야만 할 것 같았다.

"그래? 그래그래! 잘 생각했다! 한번 열심히 해 봐!"

형님들한테 전화해서 그림을 한번 해 보고 싶다는 의사를 밝혔더니 다들 크게 좋아하면서 환영해 주었다. 뿐만 아니라 자기들이 가지고 있는 그림 재료를 일일이 챙겨 보내 주기도 하고 내게 도움이

소울음 화실에서

될 만한 책들을 골라서 보내 주기도 했다.

길고 긴 시간을 아무런 의지도 의욕도 없이 허송세월만 하던 아들이 처음으로 무언가를 해 보겠다는 의지를 보이자 부모님과 누나도 모두 반기며 적극적으로 나서 주었다. 누나는 내가 그림을 그리는 데 필요한 여러 가지 것을 사다가 챙겨 주었고 아버지는 내가 그림을 그릴 수 있도록 보조도구들을 손으로 직접 깎고 잘라서 만들어 주셨다. 아무리 좋은 그림 재료들이 있다고 해도 입으로 그림을 그려야 하는 내게 활용할 수 있는 보조도구가 없으면 그림을 그릴 수 없는데 다행히 아버지가 가진 손기술로 내가 쓸 수 있는 도구들을 하나하나 만들어 주셨다.

온 세상이 마치 내가 그림을 그리겠다고 마음먹기만을 기다리기라도 한 것처럼 내가 마음의 결정을 내리고 나자 모든 것이 순조롭게 준비되었다.

다행히 내가 그림을 시작한 2008년은 장애인활동지원 시범사업이 전국으로 확대된 시기여서 미흡하나마 활동지원을 받을 수 있었다. 내게 처음 그림을 권유했던 화가 박정 형님이 아는 화가분의 동생을 활동지원사로 소개해 주었고 그분의 도움으로 그림을 시작하고 배울 수 있게 되었다.

모든 게 나를 위해 준비되었다고 생각될 만큼 모든 상황이 정말 운 좋게 맞아떨어졌고 많은 주변 사람들의 응원과 격려 속에 드디어 나는 입에 붓을 물었다. 마치 비장하게 칼을 빼어 든 무사의 결연한 심정 같았다.

유튜브는 나의 선생님

•••

그림을 그려 보겠다고 시작은 했지만 막상 연필을 입에 물고 보니 모든 게 난감하고 낯설었다. 연필을 물고 캔버스 앞에 앉아 있으면 마치 뾰족한 송곳을 입에 물고 막막한 흰 벽을 마주하고 있는 것 같은 느낌이 들었다.

송곳처럼 뾰족한 연필로 점을 찍다가 서툰 힘 조절로 캔버스가 뚫어져 버리는 건 아닐까, 선은 어떻게 이어 그려야 하나, 동그라미 네모는 또 어떻게 그려야 하나… 끝도 시작도 알 수 없는 미로에서 길을 잃은 느낌이었다.

절실함. 오직 그것만이 나를 포기하지 않고 나아가게 하는 힘이었다. 붓을 입에 무는 것밖에는 내게 다른 선택은 없었다. 그림을 그리는 일 말고는 다른 희망은 없는 막다른 절벽 같았다. 다시는 절망하지 않기 위해 필사적으로 희망이 있는 쪽을 향하여 도망치는 수밖에 다른 방법은 없었다.

책에 그림 그리는 방법이 구체적으로 설명이 되어 있을까 뒤적여 보았지만 내가 글씨와 별로 친하지 않아서 그런지 책은 눈에 잘 들어오지 않았다. 컴퓨터로 여러 가지 자료를 찾아보아도 별로 만족스럽지 못했다.

그나마 유튜브 영상을 찾아보니 외국 영상이라 잘 알아듣진 못해도 그림이 그려지는 과정을 눈으로 직접 볼 수 있으니 다른 방법보다는 훨씬 효과적일 것 같았다. 그래서 아주 초보적인 단계의 기초 영상을 찾아서 계속 반복해 보면서 영상 속 그림들을 따라 그리기 시작했다.

나보다 먼저 그림을 시작한 형님들에게 가서 직접 보고 배울 수 있으면 참 좋겠지만 그럴 형편이 못 되니 느리더라도 영상을 보면서 조금씩 배워 나가는 것이 나에겐 최선의 방법이라는 생각이 들었다.

원기둥, 원뿔이 그려지는 데 고작 3, 4분이 걸리는 영상을 내가 따라 그리려면 40, 50분 이상이 걸렸다. 처음엔 몇 번 하다 보니 이도 아프고 어깨도 아프고 너무 힘들어서 이걸 포기해야 하나 싶은 마음마저 들었다. 그도 그럴 것이 맨날 아무것도 하지 않고 누워만 있다가 갑자기 안 쓰던 근육을 움직이니 무리가 되지 않을 리가 없었다. 그래도 그대로 포기해 버리면 무기력하고 무의미했던 옛날로 다시 돌아가야 한다는 생각에 더는 물러설 수도 없었다.

'유튜브를 선생님 삼아 습관적으로 그림을 그리자!'

어영부영 되는 대로 대충 하다가는 금방 작심삼일이 돼 버릴지도 모른다는 생각에 스스로 철저히 지킬 수 있는 원칙을 만들어야 했다. 그래서 매일 강제적으로라도 캔버스 앞에 앉아 그림을 그리는 습관을 몸에 익히기로 했다.

계단이 7, 8개가 있는 좁은 빌라에 살고 있어서 수동휠체어를 타고 나갈 수도 없고, 어차피 그림 그리는 일 아니면 휠체어에 앉아 있어도 할 수 있는 일도 없었다. 그러니까 기왕에 앉아 있을 거면 스케치북 앞에 무조건 앉아 있는 게 나았다.

'끄적이다가 힘들면 짬짬이 쉬더라도 하루에 7, 8시간은 무조건 앉아 있자. 그림을 안 그리더라도 무조건 앉아 있기다!'

스스로와 그렇게 굳은 약속을 했다. 그리고 나는 그 약속을 철저하게 지켜 냈다. 거의 매일 밥 먹는 시간을 빼고는 하루에 9시간 이상을 앉아서 유튜브를 따라 그리고 또 그리는 일상을 쉬지 않고 이어 갔다. 어쩌다 잠시 흐트러지고 싶은 나태함도 포기하고 싶은 나약함도 절박함으로 이겨 낼 수 있었다.

하루 9시간 이상씩 1년여 시간 동안 반복한 그림 습관은 내게 (9×365로 계산하면) 3,200여 시간만큼의 그림 그리는 기초를 쌓을 수 있도록 만들어 주었다. 그런 식으로 그리다 보니 어느덧 점, 선, 면이 이어져 모양도 나오고 입체적인 형태도 나오고 제법 그림의 면모를

갖추기 시작했다.

그러고 나니 슬슬 욕심이 생기기 시작했다. 이제 연필로만 하는 스케치 말고 색깔도 칠해 보고 싶어진 것이다.

손으로 그림을 그리는 사람들은 연필을 눕혀서 옆면으로 그린다거나 다양한 방법으로 스케치를 할 수 있지만 뾰족한 연필을 물고 그림을 그려야 하는 나는 그럴 수가 없다. 연필을 눕혀서 그리는 대신 이젤을 눕힌다거나 스케치북을 약간 눕혀서 그림을 그려야 하는데 그게 쉽지 않았다. 명암을 넣을 때도 연필로 그리기가 쉽지 않아서 그럴 때마다 붓으로 색을 칠하는 단계까지 빨리 나아가고 싶다는 생각이 들었다. 딱딱하고 뾰족한 연필에 비해 붓은 부드럽고 누르면 힘 조절도 가능하니까 연필보다 훨씬 수월해질 것 같았다.

그렇게 생각할 즈음에 그런 내 마음을 어떻게 알았는지 한 형님이 물감을 선물로 보내 주셨다. 물감도 선물 받은 김에 자연스럽게 붓으로 물감을 칠하는 단계로 나아가 보자는 생각이 들었다.

처음엔 수채화로 시작을 했다. 그런데 막상 수채화를 그리다 보니 생각보다 수채화는 내겐 너무 어려웠다. 물론 수채화는 수채화대로 장점이 있긴 했다. 팔레트에 미리 짜 놓은 물감에 물만 묻혀서 사용하면 되니까 옆에 사람이 없더라도 혼자서 그림을 그릴 수 있다는 점이 내겐 가장 큰 장점이기도 했다.

그러나 그림을 그리다 보면 수정해야 할 일이 많이 생기는데 수채화는 수정하기가 무척 어려운 단점이 있다. 어느 정도 눕혀서 그리기도 하고 나름대로 색을 계산하면서 그려야 하는데 나는 그런 데 좀 약하다 보니 수채화가 힘들었다.

그래서 유화로 바꾸고 싶다는 생각이 들었는데 그건 또 어떻게 해야 하는지 선뜻 용기가 나지 않았다. 선배들 말로는 유화는 물감 재료 관리가 좀 까다롭다고 하니까 어쩔 수 없이 수채화를 하면서도 또 유화는 하고 싶고 그렇다고 엄두는 안 나고. 계속 같은 자리를 맴돌며 망설이기만 했다.

유튜브 선생님은 내가 직접 그려 보고 직면하는 이런 다양한 고민들을 해결해 주기에는 아주 무감한 선생님이었다. 선생님을 바꾸어야 했다.

나만의 그림을 찾기까지

•••

집에서 동영상을 보며 그림을 따라 그리다 어느덧 1년쯤 지나니 나도 작은 작품 한 점을 완성할 수 있었다. 그렇게 처음 완성한 작품으로 다른 화가 선배들과 함께 그룹전에 참여하게 되었다.

비록 한 작품이지만 다른 화가들의 작품과 함께 전시회장 한편에 내 그림이 나란히 걸리는 걸 보니 무언가를 해냈다는 뿌듯함에 가슴이 벅차올랐다. 그동안 무의미하게 살아왔던 내가 그림을 그려서 이렇게 그룹전까지 참여하게 되다니 그 짜릿함을 어떻게 말로 표현할 수 있을까. 다른 작가들과 함께 있으니 나도 벌써 화가가 된 기분이 들었다.

그런 벅찬 경험을 맛보고 나니 그림에 대한 욕심이 더더욱 자라났다. 그림을 더 배우고 싶어서 수소문했더니 구족화가협회 형님들이 자신들도 참여했다면서 한 미술 교육과정을 소개해 주었다. 그래서 나도 선배님들이 알려 준 홍익대학교 디자인교육 과정에 등록해서 그곳에서 본격적인 그림 공부를 시작했다.

홍익대학교 디자인교육 과정에 참여하는 사람은 거의 비장애인 교육생들이고 나만 장애가 있는 교육생이었다. 10년을 거의 사람들도 안 만나고 두문불출하고 살았는데 낯선 환경에서 낯선 사람들과 적응하려니 처음엔 너무 힘들었다.

휠체어를 타고 그림을 그리니까 다른 사람들에 비해 공간도 많이 차지하게 되는데 비좁은 공간에서 나만 넓은 공간을 차지하고 그림을 그리려니 괜히 내가 민폐 끼치는 것 같아서 너무 부담스럽고 불편했다. 그런데도 그림을 너무 배우고 싶다는 일념 하나로 그 불편함이, 그 부담스러움이 다 참아졌다. 1년이란 짧지 않은 시간 동안 감당해 내야 할 여러 어려움이 있었음에도 기꺼이 버텨졌다. 왜냐하면 이제 그림은 그 어떤 것에도 양보할 수 없는 내 삶, 그 자체였으니까.

"언제든 그림 그리고 싶으면 와!"

소울음아트센터를 처음 소개받았을 때 지금은 고인이 되신 故 최진섭 원장님은 내게 그렇게 말씀하셨다. 내가 그림 그리는 데 많은 도움을 주셨던 활동지원사님의 소개로 소울음아트센터를 처음 방문했을 때 원장님의 모습을 아직도 잊을 수가 없다. 비스듬히 누워서 그림을 그리던 원장님의 모습은 마치 득도한 도인 같아 보였다.

언제든지 오라고 불러 주시긴 했지만 당시엔 이동할 수 있는 차도 없고 거기까지 갈 여건도 되지 않아서 가겠다는 대답만 넙죽 하고는 가지 못했었다. 그러다 누나에게 차가 생기면서부터는 바깥 외출이

가능해졌고 홍익대학교 교육과정을 마친 후에는 소울음아트센터에 가서 자유롭게 그림을 그릴 수 있게 되었다.

누나가 나를 소울음아트센터까지 데려다 주고 누나 일을 하러 가면 나는 누나가 돌아오기 전까지 그곳에서 다른 사람들과 함께 그림을 그렸다. 여러 사람이 함께 그림을 그리니까 내가 작업을 하지 않더라도 다른 사람들이 그림 그리는 모습을 지켜보는 것만으로도 저절로 공부가 되었다. 내가 잘 표현해 내지 못하는 부분을 다른 사람들은 어떻게 그리는지, 그걸 지켜보는 것만으로도 너무나 유익하고 흥미로웠다.

"너 그림 이렇게 그리면 안 된다. 그러니까 계속 열심히 나와!"

원장님께 내 그림을 처음 보여 드렸더니 그렇게 말씀하셨다. 집에서만 혼자 그림을 그리다 보니 아무래도 내 좁은 생각에만 갇혀서 그림을 큰 시야로 보지 못하는 면이 내게 있었나 보다.

"붓 터치를 크게 크게 해! 자잘하게 그리지 말고!"
"큰 붓으로 시원시원하게 좀 그려 봐!"

그 후로도 원장님은 내 그림을 볼 때마다 엄청 구박(?)을 하시곤 했다. 말은 구박이라고 표현을 하지만 애정과 관심이 아니면 할 수 없는 정겨운 잔소리들이었다.

내 그림에 대한 친절하면서도 세심한 지적은 유튜브 선생은 결코 줄 수 없는 것이었다.

"유화야? 수채화야?"

유화를 그려도 내 성격 탓인지 대범하고 시원한 붓질을 하지 못하고 얇고 세밀하게 그리기 때문에 처음에 내 그림을 보면 사람들은 그렇게 묻는다.

유화는 보통 물감을 툭툭 치면서 두껍게 그리는 특성이 있는데 나는 그렇게 그리지 않고 얇게 수채화처럼 그리기 때문에 유화여도 내 그림은 수채화의 느낌이 난다. 유화는 뭔가 좀 거칠고 묵직한 느낌이 나야 하는데 내 그림은 그렇지 못하고 수채화처럼 이쁘긴 하지만 어딘가 가벼운 느낌이라서 나도 내 그림을 볼 때마다 불만스럽긴 하다.

원장님이 늘 내게 말씀하셨듯 붓 터치를 '크게 크게 넓게 넓게' 그려야 하는데 나는 바로 눈앞에 보이는 것만 입으로 그리다 보니 과감한 터치가 안 나오고 소심하고 자잘한 터치로 그릴 수밖에 없는 한계가 있다.

원장님의 지적대로 따라서 그림을 그리려 노력하다 보니 역설적이게도 나는 원장님처럼 그릴 수 없다는 사실을 깨닫게 되었다. 결국 내가 할 수 있는 대로 그림을 그리는 것. 그것이 바로 내 스타일이 되었다.

집을 떠나 시설로

...

누나가 시집을 간 후 누나가 없는 집에서 나를 전적으로 돌봐줄 수 있는 사람은 아버지밖에 없었다. 엄마도 장애가 있으셔서 거동이 불편하신 터라 나를 돌봐 주실 수가 없었다.

기술자였던 아버지는 젊은 시절엔 중동에 가서 해외 근로자로 일을 하며 돈을 제법 버셨다. 그러나 돌아오신 후엔 경기 침체로 경제적으로 힘들어졌다. 그런 어려운 형편에 나까지 돌봐야 하니 경제적으로도 심적으로도 많이 힘에 부치셨을 것이다. 그러다 보니 힘든 마음을 술로 푸시려고 하는 경우가 많았다.

나 역시도 힘든 건 마찬가지. 아버지가 자꾸 술을 드시는 게 나 때문이라는 자격지심도 들고 술 취한 아버지의 모습을 바라보는 일도 너무 싫었다. 아버지의 수발을 받으며 그림을 그려야 하는 상황에 욕구불만은 쌓여 가는데 자꾸 술을 드시는 아버지를 보며 나도 화내는 빈도가 점점 늘어 갔다. 그러니 그림에도 온전히 집중할 수가 없고 그러다 보니 더 예민해져서 아버지와의 불화와 다툼도 갈수록 잦아졌다. 다투고 나면 그림에 집중이 안 되고 그러면 또 화를 내고 싸우게 되는 악순환이 반복됐다.

잦은 불화와 다툼에 지쳐 갈수록 서로가 서로 때문에 그렇게 힘든데 가족이 함께 있다는 것이 무슨 의미가 있나 회의가 들었다. 자꾸만 가족에게 의지하고 기대려는 나약한 나 자신을 칼같이 모질게 끊어 내야 하는 때가 왔다는 것을 어렴풋이 알았다. 누구에게나 그렇게 혼자가 되어야 하는 순간이 있는 법이었다.

그렇다면 과감히 내가 집을 떠나는 게 맞겠다는 생각이 들었다. 한없이 나를 나약하게 만들고 가족끼리 서로 바라보는 일이 그렇게 힘겨워야 한다면 차라리 가족을 떠나 따로 지내는 것이 서로를 위해 합리적인 선택이라고 생각했다. 그때는 그렇게 믿었다.

집을 떠나기로 혼자 마음의 결정을 내리고 집을 떠날 수 있는 여러 가지 방법을 고민해 보았다. 그때 내가 집을 떠날 수 있는 유일한 방법은 시설밖에는 다른 대안이 떠오르지 않았다. 그런데 나를 받아 주는 시설을 찾는 일도 그리 쉬운 일이 아니었다.

목 아래는 아무것도 움직일 수 없고 밥도 누군가가 떠먹여 줘야 한다고 내 장애를 설명하니까 전화로 수소문한 시설마다 내 입소를 거절했다.

'나 같은 중증장애인은 시설에서도 안 받아 주는구나.'

세상 어디에서도 환영받지 못하고 가족과도 함께일 수가 없는 내 처지가 스스로 생각해도 딱하고 처량하기 그지없었다. 그렇다고 집을 떠날 결심을 접을 수는 없었다. 수십 군데를 수소문한 끝에 집과는 거리가 아주 먼 전북 완주에 있는 가톨릭교단이 운영하는 한 시설에서 내 입소를 허락해 주었다.

드디어 집을 떠날 수 있게 된 것이다! 그러나 바라던 일이 이루어지게 됐는데도 하나도 기쁘지 않았다.

'결국 나는 시설로 가는구나.'

가끔씩 나의 미래를 상상할 때마다 결코 오지 않기를 바랐던 그 미래가 끝내 오고야 만 것이다. 그것도 그 누구도 아닌 내 선택으로 말이다.

자신이 나고 자란 고향 땅을 떠나 막막한 광야에서 돌베개를 베고 잠을 청하던 성경 속 인물 야곱의 심정이 그랬을까. 가 보지 않은 미지로 나아가는 일은 내게 너무 낯설고 두려운 일이었다.

시설의 고독한 고흐

…

시설 안에 있는 공동시설 중 컴퓨터실의 맨 끝 구석진 자리는 내가 그림을 그릴 수 있는 내 공간이었다.

"이곳에서 제가 그림을 그릴 수 있게 허락해 주세요."

시설에 오기 전 면담에서 내가 했던 부탁을 원장 신부님이 흔쾌히 허락해 주신 덕분에 가능한 일이었다. 다른 여러 시설에서 입소조차 거부당한 처지에 무슨 배포인지 그림을 그릴 수 있게 허락한다는 확답을 받고서야 입소를 결정했다. 그야말로 주객이 전도된 상황이랄까.

맨 구석 자리라 전등조차 없어 어두운 공간에서 혼자 그림을 그렸다. 어둡고 캄캄해도, 다른 사람과 동떨어져 혼자여도 멈추지 않고 계속 그림을 그리는 것만이 내가 그곳에 사는 유일한 이유였으니까.

시설에서의 생활은 내게 너무 낯설고 힘들었다. 집에서는 가족들에게 필요한 도움을 요청하면 바로 원하는 도움을 받을 수 있었지만 시설은 그렇지 않았다. 내게 필요한 도움을 받으려면 여러 사람이 있는 곳이니 순서를 오래 기다려야만 했다. 물이 먹고 싶어도 갈증을 느끼는 바로 그 순간이 아니라, 체위 변경을 하고 싶어도 불편한 그 순간이 아니라 직원들이 가능한 때에라야 비로소 도움을 받을 수 있었다.

내가 도움받을 차례를 기다리며 마냥 방치된 채 하릴없이 시간을 허비하는 기분이 들 때마다 비참한 기분이 들었다. 처음 시설에 들어올 때만 해도 내게 시설은 그저 거쳐 가는 곳일 뿐이라고 생각하고 왔다. 내가 비록 가정 형편이 어려워서 시설에 올 수밖에 없었지만 시설에 사는 이점을 이용해서 반드시 그림으로 자립해 나가고야 말겠다는 굳은 다짐을 하고 들어온 터였다.

'그런데 여기서 영영 못 나가면 어쩌지?'

내가 선택한 시설이 내 자립의 발판이 아니라 오히려 나를 가두는 감옥이 되어 버리면 어쩌나 두려운 마음이 불쑥불쑥 고개를 들기도 했다. 그러나 반드시 그곳을 떠나 당당히 세상으로 나가야 한다는 절박한 바람으로 매 순간 버틸 수 있었다.

전등도 없이 어두운 컴퓨터실 구석에 앉아 그림을 그리고 있는 내 모습이 안됐는지 원장님이 전등도 새로 달아 주시고 선생님들은 다른 수용인들이 시설 프로그램에 참여하는 동안 나는 프로그램에 참여하지 않고 그림을 그릴 수 있도록 열외시켜 주는 등 여러 도움과 배려를 아끼지 않았다.

시설 구석에 틀어박혀 치열하게 그림을 그리는 그 순간만은 나는 고흐 못지않은 열정의 화가였다.

그런 노력과 열정에 화답하듯 내게 또 다른 좋은 기회가 왔다.

장애인기능경기대회는 장애인들의 기술만 겨루는 곳인 줄 알았는데 경쟁 부문에 그림 부문도 있다는 사실을 처음 알았다. 그래서 장애인기능경기대회 그림 부문에 참가했는데 운 좋게도 얼떨결에 그림 부문에서 1등을 했다.

원장님은 그동안 그 시설에 누가 외부에서 상을 받아 온 적이 한 번도 없었다고 매우 기뻐하시면서 내게 더욱 전폭적인 지지를 해 주셨다. 더 넓은 곳에서 그림을 그릴 수 있도록 새로운 공간도 마련해 주시고 선생님들은 주변에 그림 그리는 분들을 초대해 와 내가 그림을 더 배울 수 있도록 도와주었다.

궁하면 통한다고 했던가. 나의 막다르고 절박한 길 끝에 절벽이 아니라 또 다른 길이 있었다.

다시 집으로

…

1년에 한두 번 추석이나 설 명절엔 시설에서 수용자들이 집에 다녀올 수 있도록 허락해 주었다. 덕분에 나도 오랜만에 한 번씩 명절을 쇠러 집에 다녀올 수 있었다. 집에 있으면 싸우고 얼굴 붉힐 일만 생길 텐데 시설에서 지내다가 보고 싶을 때쯤 가끔 한 번씩 만나니 그리운 마음도 새롭고 서로 이해할 수 있는 여유도 생겨서 그리 나쁘지만은 않았다.

그해 설에도 집에 올라와 가족들과 함께 명절을 보냈는데 어머니의 건강 상태가 갑자기 안 좋아지셨다. 명절 연휴도 끝났으니 2, 3일 후엔 다시 시설로 돌아가야 하는데 아프신 어머니를 두고 선뜻 내려갈 수가 없었다.

어머니는 먼 데 있는 아들이 어머니 곁에 와 주기를 기다리면서 내가 집에 오는 날까지 버티고 계셨던 걸까. 아들이 와 있는 명절 연휴에 갑자기 버티고 있던 줄을 놓으시듯 몸져누우시더니 그만 며칠 만

어머니

에 아들 곁에서 생을 마감하셨다.

못난 아들 시설로 보내 놓고 날마다 얼마나 눈에 밟히셨을까. 멀리 떨어진 아들을 위해 드리는 기도는 얼마나 또 간절하셨을까. 늘 나 때문에 애를 태우셨을 어머니, 마지막까지 한번도 크게 웃게 해 드리지도 못하고 애처로운 엄마 손 한번 따뜻하게 잡아 드리지도 못하고 어머니와 이별하는 일은 내 생에 그 어떤 일보다 가슴 무너지는 일이었다. 아프고 외로울 때, 세상에 나만 버려진 것처럼 서러움이 복받칠 때 이제는 가만히 불러 볼 '엄마'가 내 곁에 없다는 상실감에 뼈가 저렸다.

내장이 다 녹아내릴 듯 애달팠던 어머니 장례를 마치고 시설로 돌아갔는데 얼마 지나지 않아 아버지가 나를 찾으셨다.

"너 그림 그리는 거 옆에서 전적으로 내가 다 도와줄게. 집에 돌아와서 같이 살자!"

어머니를 떠나보낸 빈자리가 아버지에게도 너무 크고 아프게 느껴지셨는지 나에게 무조건 올라오라고 하실 만큼 간절하게 손을 내미셨다. 내가 그림을 그릴 수 있도록 전적으로 돕겠다는 아버지의 약속을 받고 나는 결국 1년 6개월여 만에 다시 집으로 돌아왔다. 긴 여행을 마치고 돌아온 기분이었다.

개인전을 열다

•••

집으로 돌아온 후 다시 소울음아트센터에 나갔다. 내가 없는 동안 회원들의 활동은 더 활발해졌다. 단체전은 물론이고 개인전도 열며 많이 성장해 있었다. 소울음아트센터에서 친숙한 사람들과 함께 다시 그림을 그릴 수 있게 된 행복감과 안정감이 나로 하여금 더욱 그림에 열중할 수 있도록 만들어 주었다.

열심히 그림에 매진하다 보니 내가 사는 인천의 한 지역신문에서 관심을 갖고 내 기사를 올려 주었다.

어느 날 나와 내 그림이 소개된 그 기사를 보고 인천 미추홀도서관에서 내게 개인 전시회를 열어 주겠다고 제안을 해 왔다.

"세상에, 내가 개인전을…?"

미추홀도서관은 1922년 공공도서관으로는 한국에서 4번째로 설

첫 그룹전 때 가족사진

립된 도서관이다. 2008년에 인천지역 대표 도서관으로 선정되었고 2013년 개관 91주년을 맞아 내 개인전을 기획해 주었다. 미추홀도서관은 도서뿐 아니라, 전시실 운영으로 작품전이나 공모전 등 인천지역 예술가들에게 기회를 제공해 왔는데 나를 '발전 가능성이 높은 인천의 구필화가'로 초대해 준 것이었다.

개인전은 아직 꿈에도 상상해 보지 못한 일이었는데 그렇게 의미 있고 영광스러운 자리에서 내가 개인전을 하다니 정말 꿈만 같은 제안이었다.

개인전을 열 만큼 아직 작품들도 모이지 않았고 준비가 전혀 되어 있진 않았지만 꿈같은 그 일을 놓쳐 버리면 평생 뼈아픈 후회를 할 것만 같았다. 다행히 전시회를 준비할 수 있는 기간이 8개월 정도 남아 있어서 열심히 준비하면 가능할 것도 같았다. 후한 제안에 거듭 감사하며 곧바로 전시회 준비에 돌입하기 시작했다.

정말 먹는 시간, 자는 시간도 아껴 가며 내가 가진 모든 힘을 발휘해서 2주에 작품 1점을 완성할 수 있었다. 전시회를 열어야 한다는 책임감 하나로 초인적으로 몰두했다. 얼마 만에 가져 보는 생에 대한 열정인지. 비록 몸은 힘들었지만 모처럼 살아 있는 희열을 느꼈다.

드디어 내 첫 번째 개인전이 2013년 6월, 미추홀도서관 1층에서 열렸다. 도서관 외벽에는 전시를 홍보하는 대형 현수막이 걸렸고, 팸

소울음 화실에서

플릿도 제작되었다. 그리고 전시회 소식이 언론 곳곳에 소개되기도 하였다.

"아, 내가 진짜 화가가 되었구나!"

가슴 저 밑바닥부터 솟아오르는 스스로에 대한 긍지와 성취감에 가슴이 뻐근할 지경이었다. 개인전을 열 수 있도록 기회를 제공해 주고 도움을 준 많은 사람들에게 진심으로 감사함을 느꼈다.

특히 초보 무명 화가에 불과했던 내게 선뜻 손을 내밀어 내 첫 전시회의 꿈을 이룰 수 있게 해 준 미추홀도서관 홍희경 전 관장님에게는 아직도 그 고마움을 잊을 수가 없다.

첫 전시회, 그 벅찬 순간에 가장 먼저 떠오른 한 사람, 엄마. 엄마가 미치도록 보고 싶었다.

그리운 엄마

…

엄마라는 이름이 내 생에 이렇게 아픈 이름이 될 줄 몰랐다.

평생 엄마 말 안 듣다가 비만 오면 엄마 무덤이 떠내려갈까 봐 요란하게 운다던 청개구리 이야기는 모든 자식들의 숙명인 걸까. 평생 엄마 마음 아프게 하다가 돌아가시고 나서야 사무치게 후회하는 내 모습이 철없는 청개구리를 닮았다.

엄마도 장애가 있었다. 내가 사고로 다치기 4년 전에 뇌경색으로 인한 편마비로 돌아가실 때까지 장애를 가지고 사셨다.

아픈 엄마가 충격을 받을까 봐 내 사고 당시 가족들은 얼마간 내 상태에 대해 엄마에게 자세히 알리지 못했다. 더는 숨길 수 없을 때까지 사고로 다리가 부러졌다는 정도로만 대충 얼버무리다가 나중에야 사실을 알렸는데 예상외로 그 순간 엄마는 담담하더라고 했다.

뒤늦게야 중환자실로 나를 면회하러 와서도 엄마는 누워 있는 나를 보고 울지 않으셨다. 지금 와 생각하면 아마도 엄마는 당신이 우는 모습을 보면 내가 더 상심할까 봐 내 앞에서 차마 울지도 못 하신 것 같다.

"경식아, 걱정하지 마. 하나님이 고쳐 주실 거야. 엄마가 그렇게 기도할게."

엄마는 오히려 담담하게 내 손을 꼭 잡고 그렇게 나를 위로하셨다. 이기적인 나는 내 몸이 아픈 게 더 먼저여서 엄마의 그런 말들이 귀에 들어오지도 않았다.

그러나 엄마는 내게 한 그 위로의 말이 마치 성스러운 약속이라도 되는 듯 경건하게 그 약속을 지켰다. 비장애인 걸음으로는 15분 거리에 불과하지만 엄마 걸음으로는 50분씩이나 걸리는 거리에 있는 예배당에 가셔서 아들을 위해 매일매일 기도를 하셨다. 매일 비가 오나 눈이 오나 그 50분씩을 홀로 힘겹게 걸으며 엄마는 무슨 생각을 하셨을까.

엄마는 내가 중학교 2학년 때 뇌경색으로 쓰러지셨는데 그때 제대로 된 응급 지원과 적절한 재활치료를 받으셨다면 엄마가 장애로 인해 겪는 신체적인 불편을 좀 덜 수도 있었을 것이다. 그런데 여의치 않은 형편에 가족들도 엄마를 제대로 챙겨 드리지 못했다. 그때 엄마는 갑작스럽게 찾아온 장애를 혼자서 외롭게 감당하느라 얼마나 힘드셨을까. 내가 장애를 겪고 보니 그때 엄마 마음이 어땠을지 너무 아프게 헤아려져서 돌이킬수록 새록새록 가슴이 아프다.

심지어 사춘기 때는 엄마의 장애를 창피해했던 적도 있었다. 철없는 시절이니 어린 마음에 그럴 수 있었다 치더라도 나도 장애를 갖게 되고 나서는 엄마에게 그렇게 하지 말았어야 했는데 후회할 일들만 잔뜩이다. 장애가 있는 엄마를 가장 잘 이해할 수 있는 사람이 어쩌면 나였는데 나는 어쩌면 그렇게도 사사건건 엄마 가슴에 비수를 꽂아 댔을까.

아버지와 누나가 일 나가고 나면 불편한 몸으로 나를 도와주시려고 애쓰던 엄마. 당신도 불편하고 힘들면서 행여 내가 힘들까 봐 간식도 먹여 주시고 물도 챙겨 주시고 사소한 것들을 살뜰히 챙기셨다. 그런데 나는 나를 챙기려고 불편한 몸으로 움직이는 엄마 모습이 왜 그렇게 보기 싫었는지. 아니 어쩌면 엄마 곁에서 아무것도 하지 못한 채 누워 엄마를 힘들게 하는 나 자신이 더 밉고 싫었는지도 모르겠다.

한없이 불쌍하고 처량한 엄마, 그런 엄마가 떠넣어 주는 밥을 나는 또 살겠다고 받아먹고 있는 내 모습이 너무나 비참하고 한심했다.

"엄마, 나 더 이상 이렇게 살기 싫어. 제발 나 좀 죽여 줘!"

엄마에게 이렇게 소리치며 엄마 가슴에 대못을 박고야 말았던 그

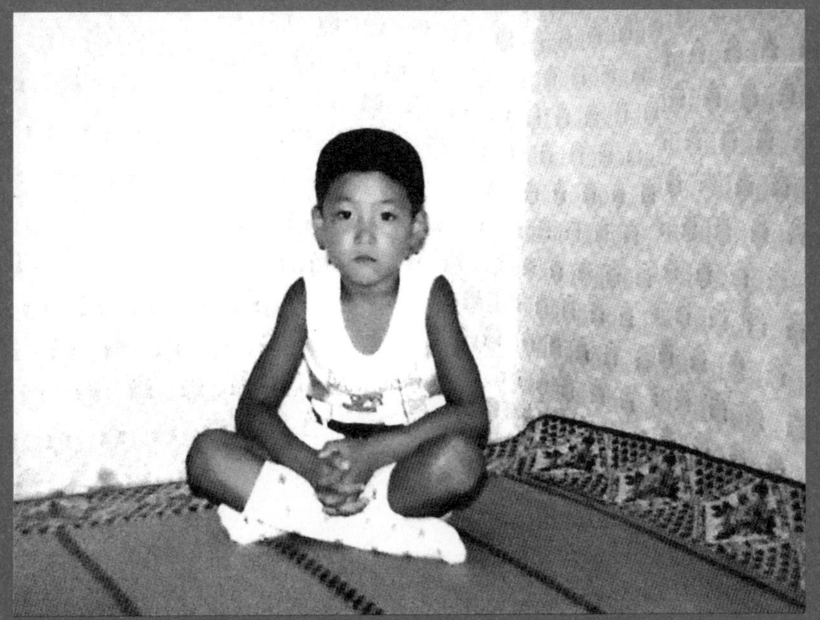

어린 시절

<천국 가는 길>

어느 날로 돌아가 그 순간을 돌이킬 수만 있다면 얼마나 좋을까.

처음 그림 그릴 때 아무것도 아닌 그림에도 '잘한다 잘한다!'고 진심으로 칭찬을 아끼지 않으셨던 엄마. '해 줄 수 있는 게 기도밖에 없다.'며 늘 내게 미안해하시던 엄마, 성경책 가방에 늘 내 양말을 넣고 다니시며 매일매일 정성으로 기도해 주신 엄마가 없었더라면 나는 아직도 무의미한 생을 허방 짚듯 살고 있을지 모른다.

돌아가신 엄마를 생각하며 그린 작품 〈천국 가는 길〉을 내 첫 전시회에 걸었다. 온갖 아름다운 꽃들이 피어 있는 오솔길에 살포시 고운 햇빛이 내리는 그림이다. 엄마가 힘든 이 세상을 떠나 다른 세상으로 이사 가시는 그 길은 그렇게 고운 길이면 좋겠다는 바람으로 그렸다.

못난 아들이 준 아팠던 기억, 서운했던 기억들은 하나도 남김없이 훌훌 털어 버리고 천국 가는 그 길에서는 맘껏 꽃 보며 설레는 길이기를, 엄마가 좋아하던 찬송가 콧노래로 흥얼거리며 꿈길처럼 춤추듯 걸어가는 길이기를 간절히 기도하는 마음으로 생에 처음이자 마지막으로 엄마에게 바치는 선물이었다.

가끔 그 그림이 좋다며 사고 싶다는 사람이 나서기도 하는데 엄마와의 특별한 사연 때문에 팔지 않고 간직하고 있다. 보진 못해도 눈에 선한 엄마 웃음을 떠올리면 차마 그 그림은 떠나보낼 수가 없기 때문이다.

그 그림을 볼 때마다 나는 늘 되뇌어 본다. 단 한순간도 나를 포기하지 않은 엄마의 지치지 않는 사랑 때문에, 매 순간 간절했던 엄마의 기도 때문에 나는 여전히 의미 있는 존재로 살아 있노라고! 엄마의 기도 덕분에 나는 이렇게 진짜 화가가 될 수 있었노라고!

먼 훗날 '천국 가는 길' 어귀까지 나를 마중 나온 엄마를 만나게 되는 날 엄마와 얼싸안고 맘껏 웃어 드릴 수 있으면 좋겠다. 찡그리고 화내는 내 얼굴을 더 많이 보셨을 엄마에게 당신이 늘 보고 싶어하시던 내 웃는 얼굴을 그때는 원 없이 보여 드리고 싶다.

'그리운 엄마, 이제 나는 내가 밉지 않아요. 그러니 저 잘살고 있는 거 맞지요?'

금붕어의 탄생

…

"풍경화도 좋지만 이제 경식 씨도 그림에 자기 자신을 표현해 보세요. 관객은 작품을 통해 작가의 메시지를 읽거든요."

어느 날 소울음아트센터에서 여느 때처럼 그림을 그리고 있는데 그림을 지도해 주시던 선생님이 내 그림을 보고 이렇게 말씀하셨다.

마침 나도 그즈음 그런 생각을 하고 있었다. 그동안은 풍경화를 주로 그렸는데 나만의 개성이 드러나기보다는 그저 무난하고 밋밋한 그림이라는 생각이 들어서 나만의 그림이 뭐가 있을까 내내 고민을 하던 참이었다.

풍경화를 그리는 중에 가끔 인물화도 시도해 보긴 했지만 인물은 섬세한 표정들을 그려 내기가 내겐 너무 어려웠다. 반면에 풍경화는 정해진 구도나 틀 없이 자유롭게 그려도 되고 그리다가 좀 틀리더라도 어우러지는 게 자연이니까 그리기가 좀 더 편했다. 더구나 장애가 있어서 바깥 활동을 못하다 보니 바깥의 자연 풍경을 보면 참

좋았다. 휠체어론 갈 수 없지만 내가 가고 싶은 풍경을 그리다 보면 마음도 편안해졌다. 그러다 보니 그냥 내가 좋아하는 걸 그리면 되겠다 싶어서 풍경 위주로 그림을 그려 왔던 건데 더 이상 그렇게 안주해서는 안 되겠다는 생각이 들었다.

"나만의 그림 찾기 참 어렵네!"

역시 나만의 혼이 담긴 개성 있는 창작은 하루아침에 이루어지는 일이 아니었다.

내내 고심하던 어느 날 우연히 어항 속에 있는 금붕어가 눈에 들어왔다. 어항 속에 갇혀 나처럼 자유롭지 못한 금붕어. 문득 어항 속에 있는 물고기를 바깥으로 꺼내 주면 어떨까 하는 생각에 이르렀다. 금붕어를 자유롭게 해 주고 싶었다. 내가 꿈꾸는 것처럼. 금붕어는 내 그림 속에서 또 다른 내가 되었다.

'꿈을 꾸다' 시리즈는 그렇게 금붕어의 이야기로부터 시작되었다. 어항 밖으로 꺼내진 나의 금붕어가 사람들 마음에도 가닿았는지 사람들의 많은 관심과 호평을 받았다.

내 안의 금붕어를 찾아낸 덕분에 금붕어는 화가 임경식의 가장 대표적인 상징이 되었고 광고나 여러 인터뷰 등에 소개되면서 화가로서 유명해지게 되었다.

나의 금붕어는 세상 사람들의 마음속으로 그렇게 헤엄쳐 갔다.

그림으로 세상과 소통하다

...

화면 속에 입으로 붓을 물고 그림을 그리고 있는 내 모습이 나온다.

그림 그리는 내 옆에서 아버지는 스탠드의 높이를 조절해 주기도 하고 나무막대를 붓에 묶는 등 여러 가지로 나를 돕는 아버지의 모습이 이어진다.

TV 뉴스의 봄꽃 소식에 감탄하는 아버지를 보다가 뭔가 안쓰러운 표정이 된 내가 미니언즈 모양의 인공지능에게 묻는다.

"헤이, 클로바! 낙산공원이 어디야? 지하철 알림이 시작해 줘!"

인공지능이 알려 준 대로 길을 나선 화면 속에 나는 어느덧 벚꽃 가득한 낙산공원 언덕을 오르고 공원에 혼자 앉아 흐드러진 벚꽃 나무를 가만히 바라보고 있다. 아름다운 벚꽃을 아련하게 바라보고 있는 내 모습이 제법 근사하다.

LGU+ '따뜻한 기술' 사회공헌 광고

LGU+ '따뜻한 기술' 사회공헌 광고

“헤이, 클로버! 나 그림 그릴게.”

벚꽃을 눈에 담고 집으로 돌아온 내가 인공지능에게 이렇게 말하면 인공지능이 스탠드 등을 켜 주고 커튼도 닫아 주는 등 그림 그릴 수 있는 환경을 만들어 준다. 그러면 나는 처음으로 아버지를 위해 입에 붓을 물고 그림을 그리기 시작한다.

입에 문 붓이 캔버스에 톡톡 닿으면 어느새 캔버스에 새하얀 벚꽃 가득한 그림이 탄생한다.

“차암 곱구나!”

내가 그린 벚꽃 그림을 보고 감동한 아버지 얼굴에 행복한 미소가 번진다.

‘아버지… 당신이 웃고 있어 행복합니다.’

자막이 지나는 화면에 내 얼굴에도 더없이 행복한 미소가 번진다.

아버지와 내가 함께 출연했던 LGU+ ‘따뜻한 기술’ 사회공헌 광고 내용이다. 구족화가협회로 걸려 온 광고 섭외 전화 한 통이 우연찮게 나와 연결되어 이런 광고가 탄생했다. 인공지능이 장애인의 일상을 지원하고 세상과 연결하는 따뜻한 기술을 홍보하는 광고였다.

광고 촬영

웃으시는 아버지의 모습이 지금 봐도 뭉클하다.

이 영상이 무려 800만 조회수를 기록했고 SNS에서 화제가 되는 덕분에 나를 포함한 구족화가 5인 특별전시회가 2019년 6월 LGU+ 용산 사옥 로비에서 열려 그 전시회 역시도 많은 주목을 받았다.

또 EBS TV 프로그램 〈세상을 바꾸는 시간 15분〉에도 강연자로 출연해 많은 청중들 앞에서 내 이야기를 들려주기도 했다.

그 외에도 포스코1%나눔재단이 제작한 영상에도 출연해 그림을 그리며 살아가는 나의 이야기를 소개하는 등 뜻하지 않게 여러 프로그램에 출연하여 임경식이라는 내 이름을 알리는 계기가 되었다. 그 외에도 출연한 방송들이 여기저기 꽤 된다.

'그림 안 하면 할 것도 없는 놈'이란 얘길 주변에서 많이 듣는데 말 그대로 그림밖에는 할 게 없어서 집에 틀어박혀 그림만 그리는 내가 광고도 나오고 TV도 나오게 됐다. 신기할 따름이다.

그뿐인가. 인천 미추홀도서관에서 꿈처럼 열었던 개인전 이후 언제 다시 그런 기회가 내게 또 있을까 아직 갈 길이 멀 줄 알았는데 그 이후 벌써 여섯 번의 개인전을 더 할 수 있었다. 또 국내, 국외의 다양한 기획전에서 다수의 단체전을 열었고 다양한 수상 경력도 쌓였다. 2016년엔 구족화가협회의 회원이 되면서 내가 그렇게도 바라던 꿈도 이루었다.

그저 살기 위해 그림을 시작했고 나도 구족화가협회의 당당한 회원이 되고 싶은 바람으로 그림을 그렸을 뿐인데 기대 이상으로 빠른 성과들이 이어졌다. 결코 내 능력이 뛰어나서가 아니다. 엄마의

소울음 화실에서

간절한 기도가 없었더라면, 또 주변 사람들의 관심과 도움이 없었더라면 나 혼자서는 이룰 수 없는 과분한 성과들이었다.

그림은 나를 세상과 연결해 준 통로다. 그 통로 덕분에 내가 세상 밖으로 나올 수 있었다. 그 통로가 아니었다면 나는 여전히 내 안에 갇힌 채 알 수 없는 분노로 스스로 상처 내며 살았을지도 모른다.

내가 나온 광고에 달린 수많은 댓글 중에 어떤 분이 그런 댓글을 달았다. 나를 보고 많이 울었다며 자기도 나처럼 힘든 상황이지만 나를 보고 힘을 내보겠다고 했다. 그 댓글을 보며 내가 온 힘을 다해 묵묵히 나의 길을 가는 모습이 누군가에게 힘이 된다면, 그리고 나의 그림이 누군가의 꿈이 된다면 내 인생도 참 괜찮은 인생이라는 생각이 들었다.

나만의 세상에 고립되지 않고 다른 사람과 연결되어 있다는 것, 그림 속 내 세상으로 사람들을 초대해 함께 꿈꿀 수 있다는 것은 얼마나 가슴 벅찬 일인가.

그림이라는 통로를 통해 세상 밖으로 나와 보니 세상은 생각만큼 그렇게 무섭고 두려운 곳이 아니라는 것도 알았다.

나를 응원하고 격려의 눈빛으로 바라봐 주는 따뜻한 이웃들이 사는 곳. 그곳에 이제 나도 있다.

사랑하는 나의 가족

…

"처남, 왜 이렇게 머리가 길어?"

단골로 다니던 미용실이 이사를 하는 바람에 2, 3주에 한 번 다듬던 머리를 방치하고 있었더니 내 머리가 덥수룩해 보였는지 매형이 묻는다. 같은 교회를 다녀서 일주일에 한 번씩은 교회에서 만나니 사소한 변화도 세밀하게 알아채곤 한다.

"다니던 미용실이 없어져서 머릴 못 다듬었더니 이래요."
"그래? 그럼 내가 잘라 줄까?"
"엥, 매형 머리 한번도 안 잘라 봤잖아요!"
"이제부터 한번 해 보는 거지, 뭐."

휠체어 타고 미용실 한번 가려면 얼마나 번거로운 일인지 매형도 가까이 지켜보면서 잘 알고 있으니 선뜻 그런 제의를 했을 것이다.

그냥 지나가는 말인 줄 알았는데 얼마 후 매형은 정말로 미용 도구를 직접 사 가지고 와서 내 머리를 다듬어 주었다.

"뭐여, 내가 마루타 되는 거여?"

처음엔 이렇게 농담을 하며 머리를 맡겼는데 매형 솜씨가 좋은 건지, 아니면 내가 아무 머리나 잘 어울리는 건지 거울을 보니 첫 솜씨치고는 나쁘지 않았다. 그 이후로는 미용실 대신 이제 매형에게 자연스럽게 머리를 맡기고 있다. 같은 교회를 다니니 매주 교회에서 만나면서도 머리 잘라 주는 핑계로 3주에 한 번씩은 꼭 매형의 얼굴을 보고 있다.

처음에 누나가 결혼할 때만 해도 매형이 이렇게 든든한 가족이 되어 줄지 상상하지 못했다. 어쩌면 누나도 그랬을까.

누나는 고작 나보다 두 살 터울의 누이였다. 사고로 내가 병원에 있는 동안 스물한 살의 누나는 다니던 어린이집을 그만두고 내 옆에서 간병을 해야 했다. 그땐 누나도 나만큼이나 어렸는데 내 청춘이 아팠던 만큼 누나는 또 얼마나 청춘을 앓았을까. 젊고 예쁠 나이에 동생 간병하느라 병원에 갇히다시피 살아야만 했던 누나를 생각하면 언제나 미안하고 안쓰럽다.

9년이라는 긴 세월 동안 내 손과 발이 되어 주던 누나가 결혼해 가족을 떠난다고 했을 때 섭섭함도 섭섭함이지만 이기적이게도 나

가족 여행

는 이제부터 어떻게 살아야 하나 가장 현실적인 고민부터 들었다. 엄마에게 온전히 나를 맡길 수도 없고 아버지에게 기대기도 편치 않은데 내가 가장 의지했던 누나가 시집을 가 버리면 나는 누구한테 의지해야 하나 막막하고 서운하기만 했다.

누나도 그런 내 마음을 너무 잘 알고 있었을 것이다. 어쩌면 누나도 차마 발길이 떨어지지 않는 마음이었을 것이다. 그래서 약해지려는 마음을 다잡으려고 그랬는지 누나는 아주 단호하고 냉랭하게 내게 선언했다.

"나 결혼하면 난 이제 그쪽에서 살아야 해. 그러면 지금처럼 널 돌봐 줄 수 없어. 자꾸만 친정에 미련이 생길까 봐 결혼하고 나서 한 달 동안은 집에도 안 올 거고 너한테도 연락 안 할 거야. 내가 모질게 생각되더라도 어쩔 수 없어!"

그렇게 말하고 시집간 누나는 정말로 그렇게 했다. 9년 동안을 한결같이 곁을 지켜 준 누나가 그렇게 칼같이 친정의 짐을 끊어 내는 게(그때는 그렇게 생각했다) 나는 너무 서운하고 야속했다.

그러나 그때 누나가 그렇게 하지 않았더라면 나는 아직도 누나에게 의지하기만 하는 철없는 동생으로 남아 있을지도 모른다.

아이가 젖을 떼고 밥을 먹으려면 젖 달라고 보채는 아이를 냉정히 외면해야 하는 단호한 시간도 필요한 법이다. 누나 덕분에 나는 젖 뗀 아이처럼 더 단단한 시간을 견딜 수 있을 만큼 성장할 수 있었

가족 여행

다. 아마 누나에게도 그 한 달은 그런 시간이었을 것이다.

서운했던 만큼이나 이제는 누나에게 감사하는 마음이 더 크다. 그 이후로도 나는 여전히 성장하는 중이고 누나는 나의 성장을 응원하는 나의 가장 큰 지원군이다. 늘 동생을 걱정하는 누나의 그 마음을 너무나 잘 알기 때문에 매형도 그렇게 살뜰히 나를 챙기는 것인지도 모른다. 그래서 매형 역시 누나 덕에 얻은 또 다른 내 지원군이다.

학교 선생님인 매형은 참 살가운 사람이다. 때마다 내 머리를 다듬어 주고 세심하게 내 필요를 살펴 준다. 교사이다 보니 방학에 긴 휴가를 보낼 수 있어서 방학 때마다 나를 데리고 온 가족과 함께 여행을 간다. 여름과 겨울 두 번의 방학 모두 나를 데리고 여행을 하고 싶은 게 매형의 뜻이지만 여름엔 내가 더위를 너무 힘들어해서 그나마 겨울만 함께 여행을 가기로 타협을(?) 했다.

지난 겨울엔 누나네 가족들과 함께 일본 여행을 다녀왔다. 지금까지 한 번도 비행기를 타 본 적이 없는 나를 위해 '비행기 타고 가는 여행'으로 매형이 야심차게 계획한 특별한 여행이었다.

활동지원사를 동반하지 않고 누나와 매형이 나를 일일이 돌봐야 하는 고단한 여행인데도 누나와 매형은 늘 내게 여행 가자고 손을 내밀어 준다. 예전 같았으면 가족들에게 괜히 짐이 되는 기분이 싫어서 거절했을 텐데 이젠 그러지 않고 누나와 매형의 제안을 기꺼이 받아들일 수 있는 내가 되었다.

그림을 그리면서 세상과 소통하기 전까지 장애인은 가족들을 괴롭히는 천덕꾸러기, 애물단지라고 생각했었다. 장애 때문에 나는 가족에게 짐만 되는 존재라고 생각했었다. 그런데 그림을 하고 나서는 나 같은 최중증의 장애인도 세상에 나가 당당히 활동할 수 있고 얼마든지 다른 사람들과 자유롭게 소통할 수 있는 사람이라는 자신감이 생겼다. 그래서 이제는 가족들에게 도움을 받더라도 좀 더 편안한 마음일 수 있다.

곁에 너무 가까이 있어서 늘 싸우던 아버지. 아니 싸웠다기보다는 내가 일방적으로 아버지에게 화를 냈다는 것이 더 맞는 말인지도 모르겠다. 젊은 아들이 아무 의욕도 없이 누워만 있는 모습이 아버지도 볼 때마다 안쓰럽고 속상하셨을 거다. 그러니 더욱 술도 자주 드시고 술 드신 김에 늘어놓으시는 아버지의 넋두리를 나는 또 받아 낼 마음의 여유가 없으니 버럭하다가 그렇게 다툼으로 이어지곤 했다. 한때는 그렇게 서로에게 상처를 내는 악순환이 너무 싫어서 멀리 시설로 도망치기도 했지만 그 시절의 아버지를 이해할 수 있을 만큼 이제 나도 나이를 먹었다.

"생전 아무것도 못할 줄 알았는데 개인전도 하고 얼마나 좋아요. 난 내 평생에 밥도 못 얻어먹을 줄 알았어요. 근데 지금 이렇게 얻어먹네."

가족 여행

인천의 한 방송에 아버지와 함께 출연했을 때 반백의 아버지가 그렇게 말씀하시며 환하게 웃으시던 장면이 생각난다. 아들에 대한 대견함과 자랑스러움이 아버지 표정에 가득 담겨 있었다.

이제 아버지는 83세의 노인이 되셨다. 이제 아버지도 연로하셔서 내 붓에 나무를 이어붙이고 헝겊으로 묶어 주시는 일은 활동지원사에게 맡기게 되었지만 내 곁에 계시는 것만으로도 내게는 큰 힘과 위안이 된다.

불효했던 시절을 하나도 보상해 드리지 못하고 엄마를 떠나보낸 것을 뼈저리게 후회하는 만큼 아버지에게는 후회 없이 잘해 드리고 싶다. 무뚝뚝한 아들이라서 살갑게 말도 못하고 '사랑한다'는 말은 오글거려서 한번도 해 본 적 없지만 늘 진심으로 감사하고 사랑하고 있음을 아버지도 알고 계셨으면 좋겠다.

"얘들아, 여기 봐봐. 여기 우리 처남이야!"

어느 날 매형에게 영상통화가 울리길래 받아 보니 화면 안엔 매형뿐만 아니라 매형 학교의 학생들이 호기심과 반가움 가득한 얼굴로 일제히 나를 바라보고 있었다.

"여기 우리 처남이 그 광고에 나온 그 사람이야."
"우와!!"
"안녕하세요!!"

매형의 소개에 아이들이 환호성을 지르며 반갑게 인사해 주었다.

외삼촌이 광고로 유명해졌다고 조카도 나를 많이 자랑스러워해 준다. 광고 덕분에 내가 유명해진 것보다 가족들과 웃음을 함께 나눌 수 있는 순간이 더 많아졌다는 것이 나는 참 좋다.

그 누구보다 나를 자랑스러워해 주고 응원해 주는 가족이 내 곁에 있다는 것이 무엇보다 가장 감사하다.

내가 어떤 모습이든 가족들은 언제나 나를 사랑하고 응원했을 텐데 그동안은 내 자격지심 때문에 가족이 곁에 있음을 온전히 기뻐하지 못했다. 이제는 가족의 단단한 사랑에 긍지를 가지고 온전히 기뻐하고 감사할 수 있다.

그림과 더불어 가족은 나의 또 다른 힘의 원천이다.

거북이처럼

…

나의 하루는 아침 8시에 눈을 뜨면서 시작한다. 밤새 통증과 체위 변경 때문에 밤잠을 설치지만 몸에 밴 오랜 루틴이라 피곤하더라도 어김없이 8시면 눈을 뜨려고 한다. 눈을 뜨고 하루에 해야 할 일들과 이런저런 생각들을 하다 보면 8시 반쯤 활동지원사님이 방으로 오셔서 나를 일으켜 휠체어에 앉혀 주신다.

휠체어로 옮겨 앉아서 욕실에서 씻고 옷 입고 정리한 다음 캔버스 앞에 앉으면 9시 반쯤이 된다. 그러면 그때부터 입에 붓을 물고 오후 2시 정도까지 그림을 그린다. 중간에 11시쯤 아침 겸 점심을 먹는 시간을 제외하면 약 4시간 정도 오전 작업을 하는 셈이 된다.

2시 이후엔 다시 침대로 가서 2시간 정도 누워 쉬었다가 4시 반에서 5시 정도에 이른 저녁을 먹는다. 그러고 나서 씻고 취침 준비를 마친 다음 다시 캔버스 앞에 앉아 침대로 가기 전까지 그림을 그린다. 그렇게 오후에 또 한 4시간가량 그림을 그린 다음 잠자리에 든다.

전에 활동지원 24시간을 받지 못했던 시절에 몸에 밴 내 하루의

루틴이다. 그때는 활동지원사님이 9시쯤 침대에 나를 눕혀 놓고 퇴근하시고 아침 8시에 출근하시는 루틴이어서 내 기상 시간과 취침 시간이 그렇게 굳어졌는데 그 일상이 몸에 각인이 됐는지 활동지원사님이 24시간 함께하시는 요즘에도 그런 루틴이 계속 유지돼 오고 있다.

현재는 24시간 활동지원을 받아 3명의 활동지원사님이 나와 함께해 주고 계시다. 전에는 아버지가 곁에서 모두 감당하셔야 했던 일이다. 지금은 활동지원사님이 곁에 계시니 아버지는 이웃 동으로 분가하셔서 요양보호 서비스를 받고 계신다.

활동지원이 없었다면 나는 지금과 같은 생활을 유지하지 못했을 것이다. 화가로서의 내 일과 자유로운 일상을 유지해 나가기 위해 없어서는 안 될 가장 중요한 요소 중 하나가 내게는 활동지원이다. 아마 다른 장애예술인들에게도 창작 활동을 위해서는 충분한 활동지원이 제공되어야 할 것이다.

매일매일 하루 8시간 이상씩 무슨 일이 있더라도 캔버스 앞에 앉으려고 노력한다. 설령 그림을 그리지 않더라도 캔버스 앞에 앉아 있자는 것이 내 철칙이다. 그래야 나태해지지 않고 그림을 그릴 수 있기 때문이다. 힘들다고 쉬고 싶다고 자꾸 스스로를 봐주다 보면 게을러지게 될까 봐 웬만하면 나 자신을 믿는 쪽보다 습관을 믿는 쪽을 선택했다.

내가 지금까지 그림을 그려 올 수 있었던 가장 주요한 밑바탕은 그림 그리는 '습관'을 철저히 지킨 것에 있다. '무조건 8시간은 그림 앞에 앉아 있기' 철칙은 그림을 처음 시작했던 때부터 지금까지 한 번도 어기지 않고 지켜 온 철칙이다. 그 습관의 힘이 나를 여기까지 데려다 놓았다.

나는 아직도 배울 것이 더 많은 화가이다. 그림에 재능을 타고난 사람들이야 천재적인 역량을 발휘해서 탁월한 작품들을 수월하게 그려 내겠지만 나는 그림에 둔재다. 타고난 재능도 소질도 없고 민첩하지도 않으니 오로지 그림 앞에 오래 앉아 있는 끈기와 습관밖에는 내 능력을 넘어설 방법이 달리 있지 않다.

그래서 내 그림 속에 등장하는 또 하나의 페르소나는 거북이가 됐다. 어항 밖으로 꺼내진 금붕어는 자유와 꿈을 향한 내 소망을 담은 페르소나였다면 거북이는 느릿느릿 천천히 우직하게 나아가는 나의 모습을 투영했다.

언젠가 어떤 자연 다큐프로그램에서 알에서 깨어난 거북이들이 바다로 향해 가는 장면을 본 적이 있다. 거북이는 태어나는 순간부터 삶이 순조롭지 않다. 어미가 모래 속에 낳아 놓고 간 수많은 알들은 부화하기 직전까지 먹잇감을 찾는 동물들로부터 끊임없이 공격을 받는다. 맹렬하게 먹잇감을 사냥하는 동물들의 공격으로부터 겨우 살아남은 알만이 거북이가 된다. 그렇게 천우신조로 태어난 어린 거북이들은 역시 또 바다로 가기까지 수많은 역경을 이겨 내야만 한다. 망망대해 같기만 한 모래펄을 헤치고 사력을 다해 바다로 향해 기어가는 어린 거북이들의 모습은 얼마나 장엄하고 아름다운지.

내가 '그림'이라는 바다를 향해 나아가는 모습도 그렇지 않을까. 온 힘을 다해 나아가지 않으면 내가 꿈꾸는 그 바다에 닿지 못할지도 모른다. 언젠간 이르고 싶은 그 바다를 향한 간절함으로, 멈추면 이르지 못할 것 같은 두려움으로 나는 날마다 사력을 다해 그 바다를 향해 나아가고 있는 거북이다.

그림을 그리다 보면 내겐 아직도 힘겨운 것들이 너무나 많다. 하다못해 그림 재료 사는 일에서부터 그림에 필요한 온갖 도구를 마련하는 일까지 남의 손을 빌려야 하지만 그러면서도 다 내게 맞도록 하나하나 일일이 직접 챙겨야 한다.

필요한 그림 재료를 사기 위해 인사동 같은 곳에 있는 미술 재료 상점에 가 보면 휠체어로 들어갈 수 없는 곳이 태반이고 막상 들어가더라도 내게 맞는 재료가 없어 결국은 해외 직구 사이트를 뒤져야만 하는 경우도 많다.

또 그림을 그리기 위해서는 얼마나 다양한 자극과 경험이 필요한가. 다른 작가들의 다양한 작품전을 보며 신선한 자극과 영감을 받고 싶지만 휠체어로 갈 수 없는 전시회들도 많다.

다른 사람의 전시회는 그렇다 쳐도 내 작품을 전시한 공간조차 내가 들어갈 수 없다면 그 현실은 어떤가.

한번은 이런 일도 있었다. 인천 차이나타운 부근에서 전시회를 할 때였다.

전시회 기간 동안 매일 와서 내 그림을 보고 가는 관람객이 한 분 있었다. 그분은 매일 내 전시회장을 방문해 내 작품 〈꿈을 그리다 10〉 앞에서 한참을 머물다 가곤 했다. 내 그림을 그렇게 애정 어린 시선으로 봐주는 관객이 있다니 정말 감사해서 다가가 먼저 그분께 말을 걸었다.

"밖에 걸린 포스터가 인상적이길래 들어와 봤더니 그림이 너무 좋은 거예요. 이렇게 좋은 그림을 입으로 그렸다는 걸 나중에 알고 정말 놀랐어요. 입으로 그렸다는 사실이 믿기지 않을 정도로 정말 세밀하고 훌륭한 작품이네요. 특히 〈꿈을 그리다 10〉은 볼수록 너무 좋아서 이렇게 매일 보러 옵니다."

이렇게 따뜻한 극찬을 아끼지 않는 관객이라니. 그런 계기로 도예가 조 선생님은 나와 친해지게 됐다. 고맙게도 조 선생님은 가는 곳마다 내 그림을 홍보하는 열혈 전도사의 역할을 자처해 주었다.

조 선생님의 열띤 홍보 덕에 한 갤러리를 운영하시는 관장님과도 인연이 닿았는데 그분의 갤러리는 아쉽게도 내가 이용할 수가 없는 곳이었다. 단독주택을 개조한 건물이어서 내 휠체어로는 접근이 불가능했기 때문이다.

그 점을 너무 안타까워하고 미안해하시며 그 관장님이 성심성의껏 물색해 주신 전시 장소가 인천해사고등학교였다.

인천해사고등학교는 학생들이 그림을 통해 예술에 대한 감수성

을 기를 수 있도록 학교 내 갤러리에서 다양한 화가의 그림들을 전시해 왔는데 내 그림에 대해 호의적이고 적극적인 반응을 보여 주었다. 내 그림들을 통해 학생들에게 장애인예술에 대한 새로운 인식을 심어 주고 장애인에 대한 인식을 개선하는데 좋은 기회가 될 것이라 기대한 것이다.

그곳에서 내 다섯 번째 전시회('꿈을 꾸다 4번째 이야기' 초대전)를 열기로 했다. 그런데 준비하는 과정에서 모두가 당황할 황당한 일이 벌어지고 말았다. 그림을 전시할 전시장에 주인공인 내가 들어갈 수 없는 상황이 발생한 것이다. 전시장이 2층에, 그것도 무려 엘리베이터가 없는 건물의 2층에 자리하고 있다니!

'장애인 화가의 그림 전시회가 어떻게 그런 전시회장에서 열릴 수 있었을까?'

너무도 명확하고 간결한 이유로 그런 건물에서는 내 그림을 전시할 수 없다. 그런데도 일이 그렇게 흘러가 버린 데에는 나름의 복잡한 사연이 있었다.

학교는 내 그림을 소개받고 건물 2층에 자리한 전시회장을 흔쾌히 내주었다. 나와 학교 측 사이에서 중간 역할을 해 준 관장님은 학교 측으로부터 허락을 받자 당연히 엘리베이터가 있는 신 건물 2층에 전시장을 마련해 줄 것이라고 예상했다. 그러나 예상과 달리 전시회장은 신 건물이 아니라 구 건물에 있다는 것을 전시회 준비

막바지 과정에서 뒤늦게야 알게 되었다. 신 건물이 전시회 이전에 완공되지 않은 것이다.

예상치 못한 상황에 나는 나대로 당황했고 중간에 연결해 준 분은 그분대로 설부른 예상이 부른 참사에 당황했고, 또 학교 측은 학교 측대로 난감한 상황에 당황했다. 이 무슨 3차원 3D 당황이란 말인가.

학교 측에서는 필요한 모든 인력을 동원해 휠체어를 전시장까지 들어 올려 주겠다며 내게 거듭 사과하고 양해를 구했다. 그러나 전동휠체어를 들어 올리는 일은 그리 쉬운 일이 아니다. 수동휠체어라면 가능할 수도 있겠지만 육중한 전동휠체어 무게에 내 체중까지 실리면 아무리 많은 사람이 든다 해도 거의 불가능에 가깝다는 사실을 일반적으로 경험해 보지 않으면 사람들은 잘 모른다. 게다가 휠체어를 탄 사람이 나뿐만이 아니라 나를 아는 다른 장애인 화가들도 내 작품을 보러 많이들 올 텐데 그 사람들은 또 어떻게 할 것인가.

여러 사람을 동원해 휠체어를 들어 올릴 수 있을 거라 예상했던 학교 측은 그 방법이 대비책이 될 수 없다는 것을 알고는 정말 많이 당황하고 미안해했다.

'편의시설을 끝까지 꼼꼼하게 챙기지 못한 내 잘못이지! 누구를 탓하겠어?'

결국 그렇게 스스로 마음을 달래고는 작가인 나는 직접 전시장에 들어가지 못한 채 전시회를 할 수밖에 없었다. 가 보지 못한 전시회장은 영상이나 사진으로만 확인할 수 있었다. 휠체어를 탄 관람객은 누구도 올 수 없는 전시회가 되었다.

내 다섯 번째 개인전은 그렇게 끝이 났다.

이런 예상치 않은 황당한 일들이 장애인 작가들에겐 종종 일어난다. 이것이 바로 우리나라 장애인 화가들이 직면하고 있는 현실의 가장 단적인 예가 아닐까.

많은 장애인 화가들이 이런 현실의 어려움을 무릅쓰고 치열하게 자신만의 그림 세계를 완성하기 위해서 노력하고 있을 것이다.

장애예술인을 위한 지원도 중요하지만 무엇보다도 우리나라 장애인 화가들이 여러 어려움 속에서도 얼마나 열심히 창작 활동을 이어 가고 있는지 우리 사회가 더 많은 관심을 기울여 주면 좋겠다.

다행히 내 다섯 번째 전시회에서 이런 3D급 당황을 경험했던 세 당사자들은 그 일을 계기로 나름 많은 것을 배우고 달라질 수 있었다는 점에서 마냥 안타까운 일만은 아니었다.

임경식이라는 최중증장애인 화가의 전시회를 통해서 톡톡히 배운 경험들로 앞으로 그 학교는 더 많은 장애인 화가들에게 열린 전시회장을 제공할 수 있을 것이다. 또 학교와 나를 연결해 주었던 관장님은 내게 너무 미안해했던 나머지 자기가 운영하는 갤러리를 휠체어도 접근 가능하도록 새롭게 개조했다고 한다. 그리고 나 역시

다섯 번째 전시회장

들어갈 수 없던 다섯 번째 전시회장 입구

도 새로운 전시회를 준비할 때마다 다시 그런 난감한 상황이 되지 않도록 더 세심하게 살피고 검토하게 되었다. 나쁜 게 꼭 나쁜 것은 아니라는 것은 이런 일을 두고 하는 말이 아닐까.

장애예술인이 더 많이 활동해야 하는 이유, 설령 잘 몰라서 서로가 실수하더라도 장애예술인과 대중이 더 자주 만나야 할 이유가 바로 여기에 있다.

나의 거북이는 그렇게 아직 장애인예술에 대해 무심하고 무지한 세상을 향해 나아가는 중이다. 나의 거북이는 더 따뜻한 세상을 꿈꾸는 중이다.

장애인예술을 바라보는 세상의 편견도 그렇게 천천히 달라질 것이라 믿는다.

'나도 세상도 거북이처럼 아주 느리지만 천천히, 그러나 지치지 않고 앞으로 앞으로!'

죽어도 되는 삶은 없다

...

기어이 사달이 났다.

이번 4월엔 마음 맞는 사람들과 함께 여행을 가려고 2년 전부터 계획을 세워 놓은 대망의 달이었다. 4월, 꽃피고 온 세상이 연둣빛으로 싱그러운 얼마나 아름다운 계절인가. 그런 좋은 계절에 좋은 사람들과 함께 가는 여행이라니 속으로 기대하며 설레기도 했다.

4월 행사들과 여행을 무사히 감당하려면 미리미리 작업을 해 놔야 해서 쉬지도 않고 짬짬이 작업을 한다고 했는데 그게 무리가 됐는지 덜컥 욕창이 생겨 버린 것이다.

결국 함께 여행 가기로 했던 분들께는 졸지에 죄인이 되어 버렸고 모든 일은 올스톱이 되어 버렸다. 심지어 내가 사는 지역에서 내게 주는 표창장 수여식에도 참석하지 못해서 결국 사돈이 대신 가서 대리 수상해 주시고 집으로 가져다 주셨다.

'장애인 인식개선 및 장애인 복지증진에 기여하여 타의 모범이 되었으므로' 주는 표창장이라는데 내가 특별히 한 것도 없이 받는 상

같아서 민망하면서도 그나마 직접 가서 받지도 못했으니 송구하기도 하다. 그래도 내가 그림을 그리면서 해 나가는 활동들이 지역사회에서 장애인에 대한 인식을 개선해 주고 모범이 되었다니 참 뿌듯하고 감사한 일이다.

내게 오는 친구들도 다 거절해 버리고 세상과 담쌓고 살던 내가 '사람들과 함께 가는 여행'을 가겠다고 하다니, 그리고 그 여행을 그렇게도 고대하다니.

지난번에 가족들과 일본 여행을 갔을 때도 그 낯선 땅, 낯선 사람들 속에서 내가 얼마나 많이 변했는지 실감할 수 있었다.

누나랑 매형이 숙소나 차편 등의 수속을 밟거나 표를 끊는 동안 종종 조카랑 둘이 기다리는 경우가 있었는데 그곳에서 사람 구경을 하고 있는 내 모습을 발견하고 새삼 놀란 적이 있다. 예전에는 낯선 사람들이 나를 보는 게 싫어서, 그들과 눈이 마주치는 게 싫어서 고개를 돌리던 나였다. 그런데 사람들 눈을 피하지 않을 뿐만 아니라 오히려 사람들을 구경하는 단계에까지 이른 것이다.

예전에는 식당에서 밥을 먹으면서도 사람들이랑 눈이 마주칠까 봐 눈치를 봤는데 이제는 식당에서 밥 먹다가 아이들과 눈이 마주치면 눈을 찡긋해 주기도 하고 장난을 치기도 한다. 그야말로 격세지감이 아닐 수 없다.

밖에서 사람들의 눈을 피했던 건 예전에 경험한 트라우마 때문이었다.

휠체어를 타고 어느 식당에 들어갔는데 식당 주인이 나를 싸늘한

눈초리로 바라보더니 자리가 없다며 나가라고 했다. 다치기 전엔 한 번도 경험해 보지 못한 차가운 냉대와 문전박대를 '장애인'이라는 이유로 생전 처음 경험한 것이다.

'아, 장애인은 세상에 이런 존재구나!'

처음으로 당하는 야만 앞에서 나는 저항할 의지보다 무력감을 먼저 느꼈다. 내가 그런 멸시를 받는 존재가 되었다는 현실이 서럽고 억울할 뿐이었다. 그때 이후론 그런 시선들을 다시 마주하기 싫어서 사람들을 만나는 것도 싫어하고 식당 같은 곳에 들어가는 것조차 싫어서 피했다.

그때는 왜 그런 시선들을 당연한 것처럼 받아들이며 스스로를 홀대했을까. 내가 나를 바라보는 시선조차 그런 시선이니 다른 사람의 시선 역시 그럴 거라고 미루어 짐작해 버렸는지도 모른다. 나는 가족이나 세상에 아무런 쓸모도 없고 오히려 짐만 되는 무가치한 존재라고 스스로 단정해 버린 것이다. 나조차도 그렇게 나를 취급하면서 어떻게 다른 사람들에게는 다른 시선을 기대할 수가 있었을까.

우리 집 근처에는 제법 긴 산책로가 있다. 지하철역이나 번화한 시내와는 거리가 좀 멀어서 불편하기도 하지만 집 주변에 생태습지와 연결된 긴 산책로가 있어서 가끔 산책을 즐긴다.

산책하면서 보이는 작은 꽃들과 잡풀들 그리고 갖가지 나무들에서 작은 생명들이 주는 아름다움에 더없이 감동할 때가 많다. 그 여린 생명들의 숨결을 생생하게 느끼며 내가 살아 있음에 전율 같은 감사를 느끼곤 한다.

혹독한 겨울을 이겨 내고 폭풍 속에서도 모진 비바람을 견뎌 내면서도 봄을 꿈꾼 생명들이 새봄에 기적처럼 살아나는 자연의 모습은 얼마나 경이로운지.

'돌아보면 나도 그런 존재가 아닌가. 그러니 세상에 죽어도 되는 삶은 없는 것이다!'

앞으로 내가 그려 갈 그림들엔 살아 있는 모든 생명에 대한 경이와 기쁨이 담겨 있으면 좋겠다. 세상과 사람을, 사람과 꿈을, 사람과 사람을 연결하는 아름다운 것들로 채워진 내 그림을 보면서 사람들의 가슴이 뛰었으면 좋겠다.

한 번도 꿈꿔 보지 않은 자유, 새삼 느껴 보는 설렘, 가슴 깊이 자신을 사랑할 수 있는 용기, 한 번 더 누군가에게 손을 내밀 수 있는 사랑과 이해… 그림을 통해서 내가 사람들에게 건네는 그 푸른 이야기들이 사람들에게 온전히 전해질 수 있기를 바라는 꿈. 그것이 내가 꾸는 꿈이다.

그 꿈으로 금붕어가 되고 거북이도 되고, 또 무언가가 되어서 앞으로 더 멋진 작품으로 사람들에게 다가가는 화가 임경식이 되고 싶다.

colorfile
Sihyunhada Gallery
recorder

임경식

세계구족화가협회 회원
한국장애인미술협회 정회원
(사)소울음아트센터 이사

지방장애인기능경기대회 전북지역 1위
지방장애인기능경기대회 인천지역 1위
전국장애인기능경기대회 3위

대한민국장애인미술대전 우수상 장려상 특선 입선
대한민국환경미술대전 입선
희망키움경진대회 공모전 특선 입선
국제장애인미술대전 입선
장애인미술대전 입선
JW 꿈을 그리다 공모전 입선

〈개인전〉
인천 미추홀도서관 ‘입으로 그리는 꿈’ 초대전
‘꿈을 꾸다’ 작품전 경인미술관
인천 수봉도서관 ‘꿈을 꾸다’ 초대전
‘꿈을 꾸다 2’ 한중문화관별관 화교역사관, 개인전
‘꿈을 꾸다 3’ 앵커1883, 초대전
‘꿈을 꾸다 4’ 갤러리 마리타임, 초대전
대한척수협회 학술대회 초대전
개인 부스전 5회

〈단체전〉
일어서는 사람들의 기록전
소울음아트페어 개인 부스전
A-AF 장애인창작아트페어 개인 부스전
장애인미술협회 회원전
1th Han River international ArtFestival
Incheon Art Fair Mecenat전

구족회화 회원전
하나비전센터 3인3색전
한·중·일 장애인 미술교류전
인천 미술한마당 축제
인천아시아경기대회기념 '희망 빛을 그리다'
(사)경인복지회 부설 인천장애인예술협회 창립기념전
LG사이언스파크 행복마루 소울음 초대전
LGU+ 구족회화 특별초대전
LGU+ 5G 증강현실 공덕역 전시
구족화가와 같이 짓는 미소전
한·일 장애인 아트전 in 후쿠오카
포스코건설 더 샵 갤러리
소울음 초대전 구구갤러리
국회 장애인예술문화축제전
LG 행복마루 3인전
아시아 국제현대미술전
장미협 설레는 동행전
예사모 제2회 정기전시회 4인4색전
소울음아트센터 초대전 봄 갤러리 등 80여 회

국시원 1년 대여 3점